Laurence Paix-F

LA VÉRITABLE HiSTOiRE

de Thordis

la petite Viking qui partit
à la découverte de
l'Amérique

bayard poche

La véritable histoire de Thordis a été écrite
par Laurence Paix-Rusterholtz et Christiane Lavaquerie-Klein
et illustrée par Emmanuel Cerisier.
Direction d'ouvrage : Pascale Bouchié.
Maquette : Natacha Kotlarevsky.
Texte des pages documentaires : Laurence Paix-Rusterholtz et Christiane Lavaquerie-Klein.
Illustrations : pages 6, 16, 25, 32, 38 : Nancy Peña ; pages 10-11 : Goulven Gallais ;
pages 22-23 : Olivier Nadel ; pages 42-43 : Catherine Chion.

La collection « Les romans Images Doc »
a été conçue en partenariat avec le magazine *Images Doc.*
Ce mensuel est édité par Bayard Jeunesse.

© Bayard Éditions, 2012
18 rue Barbès, 92120 Montrouge
ISBN : 978-2-7470-4410-3
Dépôt légal : septembre 2012

CHAPiTRE 1

LE RÊVE DE THORDiS

– Ça y est, j'ai terminé !

Soulagée, Thordis saute de son tabouret et court vers sa mère pour lui montrer son tissage. Gudrin sourit en regardant la pièce de lin que lui tend la fillette.

– Tu es allée un peu vite en besogne, ma fille ! Ton tissage n'est pas régulier ! Pour faire une belle tunique, il faut travailler avec minutie et patience !

– J'ai rendez-vous au port avec Helga. Je peux y aller, dis, maman ? supplie Thordis qui jette déjà sur ses épaules sa cape de laine.

Gudrin regarde avec tendresse sa fille de 11 ans.

– File, ma grande ! Mais tu devras recommencer cette tunique si tu veux la porter à la prochaine fête du village.

Thordis est déjà dehors. Cela fait plusieurs jours qu'elle se bat avec la navette, les fils et le peigne. Elle n'en peut plus d'apprendre à tisser comme toute jeune Viking doit savoir le faire. Le froid est encore vif en cette fin de matinée. Mais, depuis quelques jours, le soleil de printemps fait fondre la neige sur les collines qui bordent le fjord*. La maison de Thordis est située au bout de l'unique rue du hameau, bâti par Erik le Rouge** sur cette vaste terre gelée du Groenland.

La fillette zigzague entre une foule d'individus chargés de lourds paquets et des charrettes remplies de caisses diverses. Troublée par cette effervescence, Thordis se cogne à son amie Helga, venue à sa rencontre.

* Un fjord est une vallée aux pentes raides, occupée par la mer.
** Le Viking Erik le Rouge avait été banni d'Islande et avait débarqué en 985 au Groenland.

– Je n'ai jamais vu autant de monde, même pour les grands départs de pêche! Sais-tu ce qui se passe? demande Thordis.

– J'arrive du port et là-bas c'est pire encore! Tout le monde s'affaire autour des bateaux. Allons plutôt voir le poulain qui vient de naître chez mon oncle, propose Helga.

– Il faut que je sache ce qui se passe! réplique Thordis, toujours curieuse.

Laissant son amie dépitée au milieu de la rue, elle court vers les grands bateaux amarrés flanc contre flanc. Tant de

suite page 7

QUI SONT LES VIKINGS ?

Des cultivateurs et des éleveurs

Dans la plupart des fermes, les Vikings cultivent du chou, des pois et des céréales. L'orge est très utile : on fait le pain et on brasse la bière avec son grain. Les Vikings élèvent aussi des vaches, des poules et des moutons.

Des pêcheurs-cueilleurs

Dans les forêts qui entourent les fermes, les Vikings cueillent des baies et des fruits sauvages qu'ils conservent dans des tonneaux. Ils chassent l'élan, le lièvre ou l'ours. Pour ceux qui vivent près de la mer, la morue, le hareng et, parfois, la baleine représentent la nourriture de base. Ils pêchent aussi le saumon dans les rivières et les lacs.

Des navigateurs hors pair

Les Vikings naviguent aussi bien en mer que sur les fleuves. Ils utilisent des instruments de navigation très rudimentaires, mais s'orientent très bien grâce aux étoiles, aux courants marins et au vol des oiseaux. Les récits des anciens marins expérimentés leur sont également très précieux.

Des guerriers terribles

Grâce au fond plat de leurs bateaux, les Vikings parviennent à remonter les fleuves pour atteindre l'intérieur des terres qu'ils cherchent à conquérir. Après le pillage, ils incendient les maisons, profitant de la panique générale pour fuir. Leur équipement est composé d'un casque avec une protection pour le nez, d'une grande hache et d'un bouclier.

Des commerçants doués pour le négoce

Dès le VIIIe siècle, les Vikings ouvrent de nombreuses routes commerciales. Ils pratiquent le troc sur les foires et les marchés. Ils échangent des armes, des tissus, du miel ou de l'ivoire de morse contre de la soie, des épices d'Orient, des fourrures et de l'or dont ils sont grands amateurs.

fois, Thordis a rêvé qu'elle prenait la mer sur l'un de ces knerrir*. Au fond de son cœur, elle n'espère qu'une chose : retrouver son grand frère, Bardr aux Beaux Cheveux. À la suite d'une dispute avec leur père, Bardr a embarqué vers des terres inconnues.

« Cela fait cinq ans qu'il est parti ! Est-ce que je le reconnaîtrais s'il revenait ? », se demande tristement Thordis. Un homme se campe devant la fillette, la sortant de ses pensées.

– Ne reste pas plantée là, la p'tite ! Tu ne vois pas que tu nous gênes !

Il tient dans la main une corne remplie de bière et, avec deux acolytes, il barre volontairement le chemin de Thordis.

– Je regarde simplement les bateaux, c'est vous qui ne marchez pas droit, répond hardiment Thordis. Vous avez trop bu !

– Hé ! Depuis quand une gamine tient tête au grand Sturla ? grogne l'ivrogne, en se tournant vers ses compagnons. Un plongeon dans l'eau glacée du fjord va t'apprendre la politesse !

* Bateaux de commerce vikings. Au singulier : knörr.

Thordis cherche à s'enfuir lorsqu'une grande femme à la chevelure rousse s'interpose :

— Décidément tu portes bien ton surnom, Sturla le Mauvais ! Laisse cette enfant tranquille et retourne à ton travail. Nous avons besoin de tout le monde pour terminer au plus vite nos préparatifs.

Le ton plein d'autorité de la femme arrête net Sturla qui s'éloigne en murmurant à Thordis :

— On se retrouvera, la p'tite…

Thordis, encore sous le choc, s'apprête à remercier sa protectrice quand celle-ci s'exclame :

– N'es-tu pas la fille d'Olaf, le forgeron à qui j'ai passé commande d'outils et de rivets de fer pour nos navires ?

– Oui, je m'appelle Thordis.

– Et moi, je suis Freydis, répond la femme rousse. Mon père était Erik le Rouge.

Mise en confiance, la fillette presse son interlocutrice de questions :

– Vous préparez une expédition ? Pour aller où ? Quand partez-vous ?

suite page 12

Océan Atlantique

vège

Suède

mark

Mer Méditerranée

LES VIKINGS
À LA CONQUÊTE DU MONDE

Les Vikings viennent du nord de l'Europe. Entre le VIIIe et le XIe siècle, ils mènent des expéditions lointaines pour faire du commerce et s'installer sur de nouveaux territoires.

1. En 793. Les invasions commencent par le pillage du monastère de Lindisfarne, au nord de l'Angleterre.

2. En 858. Les Vikings pillent Cadix et Séville. Mais l'Espagne oppose une telle résistance que les incursions y sont rares.

3. En 869. Une expédition partie d'Angleterre attaque les côtes du Maroc, la vallée du Rhône et la ville de Pise en Italie.

4. En 870. Les Vikings quittent la Scandinavie pour trouver de nouvelles terres vers l'ouest. Ils s'installent en Islande.

5. Au IXe siècle. Les bateaux vikings explorent les immenses territoires de la Russie. Ce nom vient de « Rus » qui signifie « Hommes roux », l'autre nom donné aux Vikings.

6. Au Xe siècle. Les Vikings organisent des raids en France, de la Bretagne au Centre. Ils s'établissent en Normandie. Cette région doit son nom au fait que les Vikings venaient du nord.

7. En 985. Le chef Erik le Rouge est chassé d'Islande. Il découvre le Groenland qu'il nomme le « Pays vert ».

8. Vers l'an 1000. Le fils d'Erik le Rouge, Leifr le Chanceux, découvre l'Amérique du Nord en débarquant à Terre-Neuve.

11

– Tu n'es donc pas au courant ? J'affrète trois bateaux pour rejoindre mon frère, Leifr le Chanceux. Il est parti il y a cinq ans à la recherche de terres plus hospitalières vers l'ouest…

Thordis lui coupe la parole :

– Il y a cinq ans ! Mais alors, mon frère Bardr s'est embarqué avec Leifr.

Et soudain, ses yeux s'illuminent.

– Je vous en prie, Freydis, emmenez-moi avec vous !

CHAPITRE 2

LE TALISMAN

Cinq minutes suffisent à Thordis pour convaincre Freydis : qu'une fillette de 11 ans soit prête à une telle aventure ne pouvait que séduire la fille d'Erik le Rouge !

– Il reste une difficulté de taille, avertit celle-ci.

– Je sais, soupire la fillette, mes parents doivent donner leur accord…

– Viens, allons leur parler !

La réaction de Gudrin et Olaf est immédiate :

– Partir en expédition, à ton âge ! Il n'en est pas question !

Thordis sent les larmes lui piquer les yeux, mais elle ne veut surtout pas pleurer.

– Je veux partir pour retrouver Bardr ! Je saurai le convaincre de rentrer ici ! dit-elle avec force.

Freydis s'est tenue à l'écart pendant l'échange, laissant Thordis plaider sa cause. Le regard suppliant de la fillette la décide à intervenir :

– Je comprends votre inquiétude et votre méfiance. Rassurez-vous, je veillerai personnellement sur votre fille.

Olaf et Gudrin cèdent devant les arguments de cette femme énergique et de leur intrépide fille. L'espoir de revoir leur fils un jour renaît en eux.

Le soir venu, Thordis et ses parents dînent d'un ragoût de poisson et de baies sauvages. Puis Olaf convie sa fille près du foyer. Au lieu d'installer comme à l'habitude le jeu d'échec en ivoire de morse, il pose sur la table un sachet en peau.

– C'est pour toi, ouvre-le !

Intriguée, Thordis dénoue les liens du sac et fait glisser dans sa main un petit pendentif dont la forme lui est familière.

– Oh ! Le marteau de Thor* ! s'exclame-t-elle.

– Ce bijou protège notre famille depuis qu'elle a quitté l'Islande. C'est mon grand-père qui l'a créé, lui explique Olaf. Emporte-le, la force de Thor te portera chance.

Gudrin passe au cou de sa fille le bijou en or et en argent, ciselé de lignes entrelacées. Elle la met en garde :

* *Thor est le dieu viking du Tonnerre.*   *suite page 17*

LA CULTURE ViKiNG

Le trésor des tombes

C'est en fouillant les tombes de chefs vikings que les archéologues ont découvert combien l'art des Hommes du Nord était raffiné. Il s'exprime dans les broderies des costumes d'apparat et dans la décoration des bijoux, des armes et du mobilier.

Des parures qui en disent long

Les bijoux ont une fonction utilitaire, comme les fibules, ou décorative, comme les colliers et les bracelets. À chaque fois, ils indiquent le rang social ou religieux de leur propriétaire. Les bijoux, les gobelets, les armes et les harnais sont réalisés en fer, en or ou en argent.

Des sculpteurs minutieux

Les Vikings sont d'excellents sculpteurs. Ils utilisent les matériaux à leur disposition pour créer toutes sortes d'objets : des peignes et des pions de jeux d'échec avec l'ivoire des défenses de morse, des bijoux avec de l'ambre, des amulettes porte-bonheur et des coffrets avec les bois de cervidés.

L'art XXL

Les artisans sont aussi capables de sculpter le bois de chêne ou de sapin en grand format pour décorer les figures de proue des navires. Après la christianisation, ce sont les églises de bois qui bénéficient des beautés de l'art viking.

Des conteurs de sagas

Les Vikings ont inventé les « runes », sorte d'alphabet magique dont on a retrouvé les traces gravées dans des pierres. Mais ils transmettent leurs légendes, les « sagas », oralement. Elles racontent les aventures des héros et des conquérants vikings. Les sagas seront mises par écrit à partir du XIIᵉ siècle. Grâce à elles, nous connaissons l'histoire des Vikings.

– Ne le perds surtout pas. Grâce à ce talisman, ton frère te reconnaîtra à coup sûr. Tu as bien changé, ma grande, depuis toutes ces années ! ajoute-t-elle avec émotion.

Cette nuit-là, Thordis a du mal à trouver le sommeil. Tout est allé si vite ! Elle pense aux dangers qui la guettent dans ce voyage vers l'inconnu. Alors elle serre dans sa main le précieux bijou. La douceur du métal l'apaise peu à peu. La magie du talisman agirait-elle déjà ?

Aux premiers rayons du soleil, Thordis saute à bas de la banquette de bois qui lui sert de lit. Elle enfile sa tunique de lin et attrape un pain d'orge que sa mère a cuit la veille. Avec émotion, elle embrasse ses parents et court au port.

Les bateaux sont prêts à partir : leurs coques sont bien calfatées*, leurs réserves sont pleines de toile de bure pour réparer les voiles, de cordages en peau de phoque, d'outils pour les charpentiers et les forgerons. Il y a aussi de lourds paniers regorgeant de viande boucanée et de poissons séchés, des tonneaux remplis de baies et de fruits, sans oublier l'eau précieusement conservée

* Calfater, c'est rendre étanche la coque d'un navire avec de la laine et du goudron végétal.

dans des seaux à couvercle. Chevaux et bétail sont aussi embarqués.

– Voilà notre jeune aventurière ! s'exclame Freydis d'une voix rieuse.

Elle tend à la fillette une grande cage avec trois oiseaux noirs.

– Je te nomme responsable des corneilles ! Soigne-les bien ! Elles seront nos boussoles si nous nous perdons.

Thordis, toute fière de sa nouvelle responsabilité, s'empare de la cage et emboîte le pas de Freydis qui monte à bord.

– Installe-la à l'arrière près du gouvernail, et débrouille-toi pour la fixer solidement.

Thordis se faufile au milieu des marins qui casent leurs coffres personnels le long de la coque.

Tout à coup elle se fige. Sturla le Mauvais lui fait face !

– Tiens, comme on se retrouve, la p'tite ! grogne-t-il, en lorgnant sur le pendentif que porte à son cou la fillette.

« Il fait partie du voyage, c'est la catastrophe ! », s'alarme Thordis qui s'éloigne sans demander son reste.

CHAPiTRE 3

LA TEMPÊTE

— Larguez les amarres ! Cap à l'ouest ! ordonne la capitaine Freydis.

C'est le départ ! Les familles restées sur le quai se pressent pour dire au revoir aux explorateurs. Thordis, le cœur serré, fait de grands signes à ses parents qu'elle ne quitte pas des yeux jusqu'à ce qu'ils deviennent deux petits points dans la foule. Son vague à l'âme s'estompe vite face au spectacle qui s'offre à elle. Les trois bateaux glissent vers le large, au rythme régulier des rames, les effrayantes figures de proue fendent les flots, au son de la corne de la vigie. Le soleil fait resplendir les couleurs des boucliers fixés sur le bordage.

— Ce n'est pas avec ce vent-là qu'on va monter la voile ! s'exclame un marin.

— À peine parti, tu râles déjà ! Tais-toi, Rolon, et rame ! répond son voisin en riant.

Tout en gardant un œil sur ses corneilles, Thordis ne perd pas une miette de ce qui se passe.

— On dirait qu'il y en a qui ne s'en font pas ici ! plaisante Rolon en la voyant sagement assise sur son banc. Hé, gamine ! Tu ne viendrais pas me remplacer ?

— D'accord, répond la fillette, le prenant au mot.

— Tiens, attrape la rame et souque en rythme !

— Pfou, je ne pensais pas que c'était si dur, grogne-t-elle en regrettant déjà d'avoir relevé le défi.

Ce qui a pour effet de déclencher l'hilarité de ses compagnons.

suite page 24

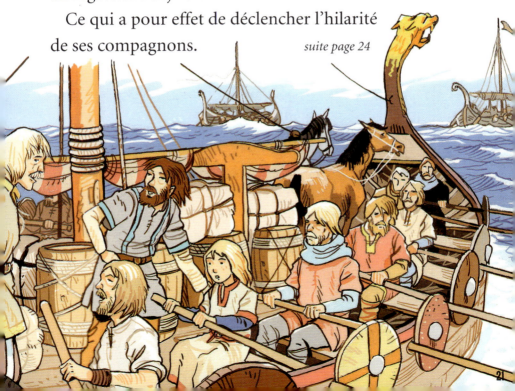

UN BATEAU VIKING

Ce navire s'appelle un « langskip ». Les Vikings utilisaient cette embarcation rapide pour leurs expéditions guerrières.

1. La figure de proue. Elle est démontable et représente une tête de dragon, appelé *dreki*. C'est de là que vient le mot « drakkar ». Elle est destinée à faire peur aux ennemis.

2. La coque est formée de planches de bois de chêne ou de pin. Elles se chevauchent légèrement et sont fixées par des rivets de fer ou des chevilles de bois.

3. La voile est composée de plusieurs bandes de grosse étoffe de laine.

4. Les rames sont utilisées lorsqu'il n'y a pas de vent pour entrer ou sortir du port.

5. Les tolets. Ces entailles mises au point par les Vikings permettent de ramer avec précision et de rentrer la rame sur le bateau.

6. Les boucliers sont rangés le long de la coque à l'extérieur du bateau pendant la traversée.

7. Le mât est taillé dans un tronc de pin et peut mesurer 12 mètres.

8. Le gouvernail en bois de chêne est actionné par une barre depuis l'arrière du bateau.

Les knerrir atteignent la pleine mer. Le vent ne tarde pas à se lever.

– Hissez la voile ! lance Freydis.

Les marins abandonnent les rames sans regret. La voile rectangulaire se gonfle le long du grand mât. Thordis oublie sa fatigue et se met à rêver quand Rolon lui tend une écope de bois et l'interpelle :

– Tiens, gamine, prends ça et viens nous aider à vider l'eau. Sur un knörr, quand on ne rame pas, on écope, ajoute-t-il.

Mais Freydis s'approche de Thordis.

– C'est la pause, viens donc déjeuner !

« Ouf ! », se réjouit Thordis qui échappe ainsi à la corvée.

Les repas à bord se prennent par équipe et par roulement. Thordis est heureuse de partager le sien avec la capitaine.

– Je suis fière de toi, tu es courageuse, dit Freydis en tendant du pain et de la viande séchée à sa nouvelle recrue. Tiens, prends des forces !

Au matin du troisième jour, Freydis remarque

suite page 26

LES GRANDS DiEUX ViKiNGS

L'histoire des dieux et des déesses vikings
s'est transmise oralement pendant des siècles.
En plus des dieux, de nombreux monstres,
des nains et des elfes peuplent les récits
des Hommes du Nord.

Odin

Il règne sur Asgard,
le royaume des dieux
nordiques. Dieu de
la Guerre, il est aussi
poète et magicien.
Il chevauche Sleipnir,
son cheval à huit jambes.

Thor

Fils d'Odin, il est le dieu
du Tonnerre. Il voyage
dans le ciel dans un char
attelé à deux boucs.
Il combat ses ennemis
avec Mjöllnir, son marteau.
Thor offre sa protection
à tous ceux qui s'installent
sur une terre nouvelle.

Baldr

Bon et doux, ce fils d'Odin
est le dieu de la Lumière
et de la Jeunesse.

Freyja

Déesse de l'Amour
et de la Beauté, elle porte
un collier qui lui donne
des pouvoirs magiques.

Freyr

Frère de Freyja, il est le
dieu de la Fertilité. Il est
toujours accompagné de
son cochon, Gullinbursti.

Loki

Dieu maléfique et jaloux,
il est le père de deux
monstres, le serpent de
Midgard et le loup Fenrir,
qui tueront Odin et Thor
à la fin des temps.

Les Walkyries

Terrifiantes divinités
guerrières, elles
n'obéissent qu'à Odin.
Elles conduisent les âmes
des hommes morts
au combat au Walhalla,
le palais dans lequel
ils festoieront jusqu'à la fin
du monde.

Une religion nouvelle

À partir du IXe siècle,
les Vikings pillent
les édifices chrétiens
pendant leurs expéditions.
Mais, peu à peu,
des missionnaires
venus d'Europe vont les
convertir. L'époque viking
s'achève avec
la christianisation.

avec inquiétude que les gros blocs de glace qui flottent à la surface de la mer sont de plus en plus nombreux. Bientôt les vents glacés du nord se mettent à souffler avec force et les vagues se déchaînent.

— Installez la bâche ! Affalez la voile ! s'époumone Freydis accrochée au gouvernail. Et prions Dieu pour que la tempête nous épargne.

Soudain, on entend un grand bruit à l'avant.

— La coque en a pris un sérieux coup ! crie la vigie. Vite, des hommes avec moi pour colmater !

La panique gagne les animaux : les chevaux piaffent, le bétail meugle.

Tout à coup, le bateau prend une mauvaise vague et se couche brutalement. Thordis, qui s'est précipitée pour protéger ses corneilles, est violemment projetée au sol. Affolée, elle porte la main à son cou pour serrer son talisman protecteur…

« Ce n'est pas possible ! Je l'ai perdu ! »

La petite Viking se relève et se met à chercher le précieux marteau de Thor.

La voix hargneuse de Sturla s'élève :

– Qu'est-ce que tu fais là à tournicoter au lieu d'aider ? Quel boulet, cette gosse !

– Je cherche mon collier ! Vous ne l'avez pas vu ? demande-t-elle tremblante.

Pour toute réponse, Sturla ricane et tourne les talons.

« Freydis pourra m'aider, elle au moins », pense Thordis. Mais la capitaine a d'autres soucis :

– La tempête nous a fait perdre le cap, constate-t-elle. Ah, Thordis, te voilà ! C'est le moment de lâcher les corneilles !

Ravalant ses larmes, la fillette ouvre la cage et libère les oiseaux. « Pourvu qu'elles trouvent un rivage où se poser ! », espère-t-elle en les suivant des yeux.

Tout le monde est aux aguets… Les oiseaux poursuivent leur vol vers le sud, indiquant ainsi la route à suivre. Alors l'équipage laisse éclater sa joie :

– Hourra, hourra ! La terre est proche !

CHAPiTRE 4

UNE NOUVELLE CONTRÉE

– Parez à jeter l'ancre ! lance Freydis.

La tempête essuyée quelques jours plus tôt a fait beaucoup de dégâts sur les bateaux, mais la capitaine est fière d'avoir mené tout le monde à bon port.

Le débarquement a lieu dans une large baie entourée de collines verdoyantes. Le mouillage n'est pas proche du rivage et il faut se jeter à l'eau pour rejoindre la terre ferme. Thordis se mêle au va-et-vient incessant de ceux qui déchargent le matériel. La petite fille réceptionne les paquets les moins lourds et les transporte au sec sur l'herbe. Mais elle ne partage pas l'euphorie générale.

— Tu en fais une tête, petite Thordis. Tu n'es pas heureuse d'avoir enfin touché terre ? lui demande Freydis, en la rejoignant sur le rivage. Raconte-moi ce qui ne va pas ?

Thordis lui confie son malheur :

— J'ai perdu mon talisman dans la tempête. Il devait me porter chance. Qu'est-ce que je vais devenir maintenant ?

Freydis serre la fillette dans ses bras.

– Nous sommes tous sains et saufs ! Ça, c'est de la chance après une traversée pareille…

– Mais c'était aussi le seul lien qui me rattachait à mon frère, ajoute Thordis.

– Ne t'inquiète pas, à nous deux on trouvera la solution le moment venu. Ton talisman est peut-être tout simplement caché quelque part, dans le désordre des caisses et des ballots !

Ces paroles de réconfort redonnent le sourire à Thordis.

– À la bonne heure ! s'exclame Freydis, rejoignons les autres pour installer le camp.

Une fois les tentes dressées, la fille d'Erik le Rouge rassemble les hommes :

– Il faut faire deux groupes. Qui reste au camp pour réparer les bateaux et surveiller le matériel ? Qui part avec moi en reconnaissance ?

Sturla le Mauvais s'avance le premier :

– Après tous ces jours en mer, j'ai besoin de bouger, on est partants avec mes gars !

suite page 33

À LA DÉCOUVERTE DE L'AMÉRIQUE DU NORD

L'arrivée de Leifr

Parti du Groenland vers l'an 1000 avec ses compagnons, Leifr le Chanceux atteint l'île de Terre-Neuve, au Canada, en une dizaine de jours. Il s'installe tout au nord, dans ce site aujourd'hui protégé qu'on appelle l'Anse-aux-Meadows. Les prairies y sont vertes et les lacs remplis de poissons. De là, les navigateurs partent régulièrement explorer les côtes de l'Amérique du Nord.

L'installation

C'est grâce à l'archéologie que l'on connaît l'aventure des Vikings en Amérique. On a retrouvé des vestiges de maisons semblables à celles construites en Islande et au Groenland, ainsi que des hangars à bateaux. Les traces d'une forge prouvent que le fer a été fondu pour la première fois au Nouveau Monde par ces hommes venus de l'est. Parmi les objets mis au jour, il y avait un fuseau et une aiguille à tricoter.

« Nous l'appellerons Vinland »

La *Saga des Groenlandais* raconte que ces hommes ont trouvé de la vigne sauvage dans la forêt, lors d'une exploration plus à l'ouest. En son honneur, ils ont baptisé ce lieu Vinland, «le pays de la vigne».

Un séjour de courte durée

Les Vikings ne restent au Vinland que quelques dizaines d'années. Ils sont sans doute partis à cause des conflits fréquents avec les habitants du pays. Ils rentrent au Groenland avec un plein chargement de bois et de raisins séchés.

500 ans plus tard

Le premier Européen connu à explorer le nord de l'Amérique, après les Vikings, fut Jacques Cartier en 1534. Il était envoyé par le roi François Ier.

Rolon prend la parole à son tour :

– Moi, je ne quitte pas mon bateau ! Tu peux compter sur moi pour garder le camp.

– Thordis, tu viens avec moi ! lance Freydis.

La petite fille ne peut s'empêcher de faire la moue : elle préférerait rester sous la protection du gentil Rolon plutôt que de côtoyer encore cette brute de Sturla… La capitaine monte sur son cheval, prend Thordis en croupe et se met en route à la tête d'un petit groupe d'hommes armés.

La troupe grimpe les flancs escarpés du fjord. Ce nouveau monde semble magique à la petite fille : des céréales sauvages poussent en abondance et les buissons regorgent de baies appétissantes. Après plusieurs heures, on met pied à terre près d'une rivière.

– Regardez ces beaux saumons ! s'écrie Thordis.

– Allons en pêcher pour le repas de ce soir, dit un marin.

– Qui vient avec moi dans la forêt pour chasser du gibier ? demande un autre.

Les hommes ne tardent pas à revenir chargés de lièvres et de grappes de raisin mûres qu'ils brandissent triomphalement. La veillée s'organise. Aux récits des exploits des héros vikings succèdent des chants joyeux et des pantomimes cocasses. Au milieu de cette animation, la petite fille perçoit quelques bribes d'une conversation :

– Sacré déveine, cette tempête ! J'y ai perdu mon couteau à manche d'argent !

– Tiens donc ! Moi, c'est une jolie pièce de laine tissée par ma belle qui a disparu. Je l'avais pourtant bien rangée dans mon coffre…

« Je ne suis donc pas la seule à avoir perdu quelque chose », pense Thordis qui avait presque oublié ses soucis.

Après une nuit calme sous un ciel étoilé, le groupe reprend la route. Les cavaliers atteignent les premiers le haut de la crête.

– Venez vite voir ! C'est incroyable !

Tous se précipitent et découvrent en contrebas, près du rivage, de longues maisons aux toits herbeux.

– On dirait les maisons de notre village ! s'exclame Thordis stupéfaite.

CHAPiTRE 5

FACE-À-FACE

Freydis aperçoit un petit groupe d'hommes qui s'agitent près des maisons. Une dizaine de kayaks reposent sur le sable du rivage.

– Attachons les chevaux à ces arbres et approchons-nous doucement, murmure-t-elle. Surtout, restons prudents !

Sans bruit, les Vikings progressent vers les maisons.

Des individus à la peau blanche, au milieu desquels se tient un jeune homme à la chevelure flamboyante, discutent avec de petits hommes à la peau brune.

— Regardez, ils font du troc ! s'exclame Sturla.

Il se tourne vers ses acolytes et grommelle :

— C'est notre chance les gars ! On fonce.

Avant même que Freydis ait pu les retenir, les trois Vikings s'élancent. Leur arrivée provoque un mouvement de recul. La méfiance se transforme en étonnement parmi les hommes blancs :

– Vous êtes des Vikings comme nous ! s'enthousiasme le jeune homme qui semble être le chef. Par quel miracle êtes-vous arrivés là ?

– Nous sommes partis du Groenland il y a huit jours en direction de l'ouest. Une tempête nous a jetés sur ces côtes, raconte Sturla, impatient de faire des affaires avec les hommes à la peau brune.

– Vous êtes seuls ? continue le jeune Viking.

Mais Sturla ignore sa question et lui demande :

– Qui sont-ils ?

suite page 39

LES PREMIERS HABITANTS DE TERRE-NEUVE

La rencontre

« Skraelings » est le nom péjoratif que les Vikings donnent aux habitants des terres qu'ils découvrent. Dans la *Saga d'Erik le Rouge*, ils sont décrits comme des « individus malingres, de petite taille, au teint foncé et aux pommettes saillantes, aux cheveux raides et vêtus de peau ».

De leur côté, les natifs du pays voient les Vikings comme « de grandes créatures qui sentent mauvais, aux yeux semblables à ceux des hiboux, et aux cheveux blancs » !

Énigme historique

Les historiens se demandent toujours aujourd'hui si ces premiers habitants étaient des Inuits venus du Grand Nord ou des Amérindiens comme les Algonquins ou les Iroquois. Il s'agissait peut-être des deux.

Des relations difficiles

Les Vikings débutent leur installation par le massacre d'un groupe de huit Skraelings. Les premiers habitants de Terre-Neuve ne tardent pas à riposter. Ils se battent avec leurs arcs et leurs flèches, leurs frondes et divers projectiles bruyants. Ils font peur aux Vikings, pourtant habitués eux-mêmes aux raids violents. Ces bagarres répétées dissuaderont sans doute d'autres Vikings de venir s'installer sur ces nouvelles terres.

« Échange fourrure contre étoffe »

Pendant les périodes sans conflits, les Vikings et les Skraelings font du troc, c'est-à-dire qu'ils échangent des marchandises : des peaux et des fourrures locales contre des tissus et des étoffes colorées vikings. Les Skraelings pratiquent la pêche, la chasse aux mammifères marins et terrestres, et la cueillette. Ils se déplacent très rapidement sur l'eau à bord de leurs kayaks.

– Des Skraelings*. Nous échangeons avec eux nos étoffes contre des fourrures et des peaux, répond sèchement son interlocuteur.

– Parfait ! J'ai quelques belles pièces à négocier ! Allons-y les gars ! dit-il en plantant là le jeune chef.

Sturla s'approche avec assurance des Skraelings et commence à marchander ce qu'il déballe de son sac. Le troc commence à peine et déjà le ton monte :

– Un bijou pareil vaut au moins dix fourrures, s'énerve Sturla qui cherche à s'emparer de la marchandise.

* *Voir ci-contre.*

Un Skraeling porte avec colère la main sur sa hache en os quand le garçon à la belle chevelure s'interpose. En voyant l'objet que Sturla cherche à vendre, il se fige :

– D'où sors-tu ça ?

– C'est à moi, mêle-toi de ce qui te regarde !

– Justement ça me regarde ! Ce bijou appartient à ma famille, dit-il en le lui arrachant des mains.

– Mon talisman ! crie soudain une fillette.

Le jeune homme se retrouve nez à nez avec Thordis.

– Rendez-moi ce bijou ! le supplie-t-elle.

– Mais au nom de quoi je te le rendrais ? Je ne comprends pas comment il a pu arriver ici, mais je te garantis que ce bijou est le mien !

Thordis n'ose pas y croire : et si ce jeune homme était son frère, Bardr aux Beaux Cheveux ?

Le cœur battant, elle explique :

– J'ai promis à mes parents de retrouver mon frère, parti il y a cinq ans de la maison. Ce talisman est notre signe de reconnaissance. Je m'appelle Thordis.

À ces mots, Bardr, car il s'agit bien de lui, ouvre grand ses bras.

suite page 44

42

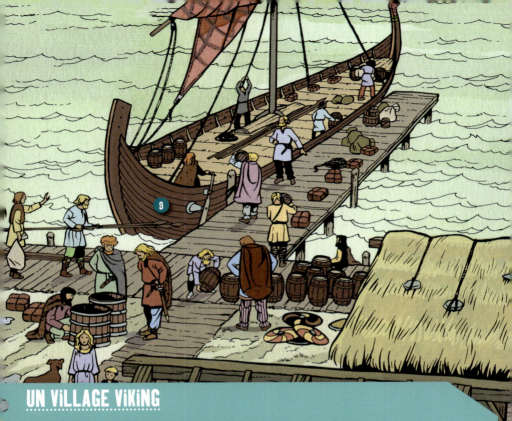

UN VILLAGE VIKING

Les Vikings habitent des fermes isolées ou regroupées en village.

1. La maison. Elle est composée d'une seule grande pièce, appelée *skali*.

2. Les murs sont faits avec des poteaux et des traverses en bois recouverts de torchis ou de tourbe.

3. Le toit a la forme d'une coque de bateau renversée. Il est recouvert de chaume ou de mottes de tourbe sur lesquelles pousse de l'herbe.

4. Les pierres sur le toit servent à retenir le chaume en cas de grand vent.

5. L'entrée se fait par une seule porte. La maison n'a pas de fenêtre.

6. Le tas de bois. Dans la pièce principale, il n'y a pas de cheminée mais une fosse à feu alimentée par du bois ou de la tourbe.

7. Une robe chasuble. Les femmes la portent par-dessus une longue chemise. Les bretelles sont fixées par deux broches, les fibules.

8. Des braies. Les hommes portent ce pantalon retenu par une ceinture de cuir. Une tunique et une cape complètent leur tenue.

9. Le knörr. Ce bateau de commerce est plus large et plus profond que le langskip, le navire de guerre.

– Thordis ? Quel courage tu as eu de venir jusqu'ici !

Des exclamations interrompent les retrouvailles :

– Regardez ! Mon couteau !

– Et là, ma couverture de laine dans les affaires de Sturla !

– Où se cache ce voleur ? On va lui régler son compte !

Freydis intervient alors, poussant devant elle Sturla :

– Nous l'avons rattrapé alors qu'il s'enfuyait. Mais pas de vengeance personnelle ! Nous allons réunir le thing* comme le veut la tradition viking.

Le procès a lieu sur la place commune. Sturla avoue s'être emparé du talisman de Thordis qui avait glissé sous un banc pendant la tempête et confesse avoir profité de la panique générale pour dévaliser ses camarades. Lui et ses complices sont condamnés à l'exil.

Thordis et son grand frère se retrouvent assis face à la mer.

– Dis, Bardr, et si on lui donnait un nom à cette terre ? demande la fillette. On pourrait l'appeler Vinland.

– Oui, petite sœur. Ici, c'est vraiment le pays de la vigne.

* Le thing est l'assemblée viking qui rend la justice.

Thordis et Bardr reprendront la mer pour le Groenland le printemps suivant. Freydis retrouvera son frère Leifr et prolongera son aventure en quête de nouveaux territoires. Rolon s'établira avec quelques compagnons dans le hameau du Vinland construit par Bardr.

Retrouve les collections

DOC IMAGES en librairie !

Les romans Images Doc

Des histoires pour raconter l'Histoire

Les encyclopédies Images Doc

Pour découvrir l'Histoire et ceux qui l'ont faite

Les Images Doc « Passion »

Des voyages passionnants au cœur de l'Histoire

Le magazine de la découverte qui stimule la curiosité !

Le plaisir d'en savoir plus

Histoire
Sciences
Monde
Nature

Le plaisir d'en savoir plus !

DANS LA MÊME COLLECTiON